森本悠紀子

Morimoto Yukiko

歌集

登檣礼

青磁社

目次

星は昴　7
熱帯魚　12
出雲国風土記　17
石楠花　25
わが街　38
土佐堀川　50
おとうと　60
雪　柳　70
島　国　81
ゆきこちゃん　92
班　女　102
エウロパ　112

縫ひぐるみの 127
月が瀬（梅林） 140
啓 蟄 149
わらべうた 157
花 筐 168
画 廊 177
備後町 184
登檣礼 193
あとがき 200

扉写真　著者

歌集

登檣礼

星は昴

宇宙なる億光年に比ぶれば地球の一千年はほんの一瞬

プレアデス　ギリシャ神話の物語る女神群と
思へばその光増す

プレアデス星団ギリシャ神話の想像力あえか
に舞へる七人の女神

春の夜すばるを見むと起き出でて南西の空衿
かきあはす

をうし座はどれかと眼こらすなり肩のあたり
と見当つけて

平安の女御・女房袖かへし空仰げりと近けれ
ば語らまほしき

金の針明けの明星と隣り合ひ東天よりの言触
れ奏でぬ

両陛下　慰霊の旅に出で立たる南の島に眠る
兵らの

従兄弟たち三千kmの孤島に待てり望郷思ひ涙
流れてやまず

熱帯魚

梅田なるミニ水族館をけふも過ぐハマクマノミは元気に泳ぐ

熱帯魚の水槽に入り掃除する人を一瞬サメか
と驚く

泡の粒はなれなさいね友達の無くても大丈夫
ハリセンボンくん

手の指の爪程のソラスズメダイ群れて泳げり
泪ぐましも

モヨウフグ食べられもせで悠々と狭き天地を
かこつことなく

作られし海藻の輪をぐぐり抜けウメイロモド
キやれやれと安堵す

美しき鱗のいろをかへしつつネッタイスズメ
ダイ王者の風に

トゲチョウチョウウオ武器もつゆゑに他と組
まず我関せず顔なり

丸顔のマンジュウイシモチ愛敬の素早き動き
平たき体に

出雲国風土記

八雲たつ出雲の国に八束水臣津野命《やつかみづおみづぬ》が立給ひし時吹きし風今も

川上ゆ箸流れきて須佐之男命《すさのを》の人棲むと見し
出雲のくにに

青銅剣の数多をここに埋めたりし古代の人ら
の畏れのこころ

人々が土器に塩得て調味せしうからら寄れる
宴たけなは

中央よりの命令に国司ではなく国造《くにのみやつこ》が編み
しとぞ出雲風土記は

朝《あさ》酌《くみ》促《のせ》戸《と》に市立ち賑はひしと渡し場に人ら集ひて

須恵器焼くそのかみの人等海よりの恵みゆたけき斐伊川べりに

駅よりの思ひのほかに近かりきわれらの心は
や荒神谷遺跡へ

落葉掃く女性に請ひてカメラ渡す「学芸員」
と聞き恐縮しつつ

慰藉の風携へ来たる娘たち旅にと言へば即傍らにあり

ここに日本一の青銅器遺跡ありと358本の剣・16本の矛

「国来よ」と引寄せられし伝承は河舟引くやうにそろりそろりと

四隅突出したる墳墓には代々の王葬られしと語らるる

出雲へと思ひ立ちしは秋にしてはちす素枯れて池の面は皺

石楠花

小雨きて返却の本抱へつつ図書館への道急ぐ
なり春

部屋ぬちを体ひと幅にじらせて春陽追ふなり
従姉妹の忌日

時々は充電せずば動かぬとわが歯刷子の高笑ひせり

石楠花が鉢に満ちたりかく吾を驚かす仕掛け
ありとはこの花毬に

経口補水液とふを処方に作りて何やら威儀を
正してをりぬ

知恩院に釈迦涅槃図ありと知り秋には必ず尋ね詣でむ

隣人らさも親しげに子供会古紙提供に公園の角

高速道路ポキリと折れたは本当よ十年経つも
驚愕覚めず

目千両ならぬ百両ぐらゐの目なるとも世の動
きしかと見届く

世馴れたる顔してゐるべしさりながら米寿の
人と気付かれぬやう

春一番けふ何番ぞや強き風に背な押されつつ
河内野に棲む

薬屋に薬は売られ寿司屋には寿司握らるる胸
の内の悲しみ消えよ

ドック入りの検査結果の届きけり軽度異常は
覚悟してます

歌にして詠んで仕舞へば瘧《おこり》落つるかと手当り
次第に歌作る午後

重心は後に置きて跨ぐべし家の敷居はさう高
くないゆゑ

養護ホームを天地となして生きらるる九十五
歳の江戸弁涼し

天蓋のごとく四方に枝張れる紅葉の一木吾を
待ちをり

よくぞ行つて来しよと繰返し思ふ不空羂索観
音のもとへと

けふひと日目一杯に働きぬ明日のことは明日
に委せむ

相撲技にうしろもたれの決まり手のありとふ
と聞く妖怪めきてをかし

ドア開くれば朝日が玄関に入り来たる息子が
仕事に出でゆく時し

娘が古墳の説明ボランティアをするべしと吾
も聴衆になりて従きゆかむ

爪立てて夏柑剝けりさ走るは酸き霧の弧よ水
無月の空

蕁麻疹に死にし人無しこれしきに脅かさるる
やはの我が身か

前文は天候不順より入りつひに竜巻が加はる
五月なりけり

わが街

そのほなは接頭或《ある》いは接続語大阪人われに馴
染めりほなの

環状線夕陽浴びつつ揺るるなり大大阪を抱く
弧を描き

無理をして言ってくれてる訳じゃないお漬物
屋さんまでがけふ　きれい

またけふもふり返り星条旗見ぬアメリカへ行つたつもりの

大阪に生まれて大阪に育ちしゆゑにこてこての弁にまかり通るよ

オジサンがボードに乗りて舗道走る証券取引
所前斜《はす》に構へて

ライオンの立つ橋のあり狛犬のごとく口閉づ
と口開くとの

東町奉行所の跡とや紀之が裃つけてぞ立ち現
はるるべし

歩道橋梅田新道に勾配のゆるきが架かれり雨
の日もよし

梅田新道何やら歩き易き道のごと新といふの
が潑剌うたふ

長髪の括るか編むかになさいませ後へ放り投
げては髪可哀想

愛煙家肩身せましと天満橋袂に寄りてかたまりて喫ふ

追手門・大手前もいま学校の名前冠して若きらの容れ物

濠めぐる石垣の稜幾曲がり戌亥の櫓　孤の姿見す

聖武帝　高津の宮居難波なる民のかまどの賑はふ台地

天空に音叉をさんと鳴らせしや秋が来たよと
雲の言触れ

わが生誕の日の花なりとホトトギス草の苗贈
られつつしみて植う

ＣＴ機にい寝ぬこんなことでわが胸の奥処は
探り得べしや

冬至用南瓜も入りし小包の丹精の野菜たつぷ
りの嵩

友三人に子等にも礼状認めぬ我は礼ばかり言ひてこの暮れ

餅米一斗新年用に洗ひ終へ暫し茫とをり師走尽近く

細長きこの列島の片側に陽は射し片側は豪雪
となる

人々のプライバシーの詰りたる町内会の極秘
のリスト

土佐堀川

日本人ばなれの美貌の乙女前に立つバス揺る
る時ヒールでバランス

髪長く明眸皓歯の見本なりスマホの画面に指
すべらするは

御堂筋　斜めに入りしそのビルに今しまさし
く星条旗はためく

淀屋橋土佐堀川に沿ひて建つビルみな裏窓より川のぞむなり

関西棋院の看板掲ぐるビルのあり　盤上の戦ひまさしく熾烈

大手門の桜はまさに満開に円陣組みて弁当ひろぐるあり

春の日をタクシー延々と客待てり人は花に酔ひて帰らぬ

法円坂の名のいかめしさなだらかに降《くだ》りてゆくに細川ガラシャの邸跡

とり返しの叶はぬことなどこれの世に無しと思ふに文楽の世界に嘆かふ

時雨の炬燵みんな善人ばかりなるにこの苦しみは如何《どう》して

おさん小春何故に悲しき話なる父御《てて》の言ひ条も勿もなる

さまで追ひつめらるる事もあるまじと現代人
は息つまりつつ

それ故に人は泪を絞るなれ三人の前途に天地《あめつち》
の無く

現し世のこの羞《やさ》しさよものみながわかるわかると頷きくるる

ずつしりと数多の奈良漬購《もと》めきて地下鉄に眠り三駅過ぐす

三合の米にちらし寿司作る尺貫法はこの親子
の家に

いとやさしき心やりかな白鵬の旗持ちを得て
旭天鵬のパレード進む

イヤホーンつけたるままに眠るゆゑその日の
夢は深夜便漬け

バスターミナルより大阪城廻りのバス選ぶ大
手門前の桜《はな》に逢ふべく

おとうと

幼くてみまかりしおとうとは五歳年下世にあ
らば老いびと

まことしも天使のごとき弟なりきつぶら目に
吾を追ひにし深江公園

アメジストの指輪涼しも弟の墓参りせり夏の
風ゆく

運動靴洗ひて竿の先に差す中学生がゐる家のごとくに

車も来ぬここ別天地なるお砂場に幼児ふたりけふパパの休日

小さき鳥の餌《ゑさ》磨り程の鉢欲しき木の芽伸びだす媼の庭に

ベッドカバー拡げて干しぬここら辺りは黄砂さん避けて下されし

朝夕をなぜか私は風が好き何時か誰かが刷り
込みたりや

ソックスを履けばわが足中学生駈け足並み足
いづれも可なり

生《せい》あればこその手ごたへ部分品の痛みも幸ひ
眼も手も足も

奥サーン誰にでもあて嵌まる呼び名もて配達
員が玄関で呼ぶ

人の手の習練判で押すやうに蒲鉾板に擂り身
盛りゆく

薬店の棚にマジックリン並びたり過去のもの
ならず今も現役

サンタが三人で梯子登りゐるオブジェ掛けたる家の子ひとり

濃厚な緑茶気付け薬の役目してのみど過ぐ時スイッチを押す

五百羅漢に自分の親の貌ありと探しに詣づる
人もあるべし

石峰寺五百羅漢の石佛の大方笑へり半身苔に
埋もれて

夕刻を轟々と雷鳴過ぎゆけり満月の夜の露払
ひして

夕刊を展ぶれば小さき蟻ひとつルビのごとく
に紙面にありぬ

雪柳

昨年剪りしを悔やむあるじの隙をみておづおづ枝を伸ばしてゐたる

弧を描く小枝にほつほつ花つけて冬枯れの机
に灯点せと言ふ

新米のママに祖母と曾祖母が一歳三ヶ月の子
の周りうろうろ

誤嘸誤認誤り多き現し世に誤たざるもの探す
目さびし

殺人事件を解明しゆく刑事ドラマ沢口靖子の
み美しく

そのかみは鶴橋と亀橋ありてその賑はひを古
老は言へり礎石を指して

かの女《ひと》がアルコール好きとぞ親しもよいと弱
き吾したり顔して

チョイ役で此の世を生くる身にしあり五月は
風が薫りてゆけり

わが街の変貌しかと見届けむクレーンの林か
きわけ生くる

能登和倉初月給に我伴ひし娘らと旅せむ五十
年経て

「済まなんだ」ひとこと言ひてみまかれる母
のいまはの言重かりき

帳尻を合はせて終止符打たむかな途中下車な
どできぬ路線に

スーパーの表通りの桜《はな》咲き初むここら辺りの
標準木ならねど

川の面に枝差しのべて遠く咲く花のこころは
わかつてゐるよ

献血車浅春の街角に立ちて呼ぶ吾はも三十一
回のつ・は・も・のにして

献血の前夜はビフテキ張り込みて達者な血なりと胸はりて行く

大江橋に川波輝るを見下ろしぬこの堂島に米相場ありし

気にかけず遠ざけをれば病《いたつき》も甲斐なしとして
立去りてゆく

日常の些事こなしつつ生くるなりよしなし事
も秘すれば花の

変革はありつれ我はペンケース開けてひとり
の勉強机

島国

この国をどうしようと言ふの再びを焦土と化
していい訳あらぬ

国民の叫び恰も蟬が鳴くと思ふ筈なし為政者
しつかり　目くばりに生きて

許せぬは許せぬと近隣諸国は未だ言ふ許して
貰はんでもよろし

島国にあれば天然の資源乏しく共存共栄の旗
かつてありしよ

太宰府に旧き木簡出でにけり個人情報かまび
すしき世に

日光を入れむと開けし出窓より黄揚羽おはやうと入り来

タイ国に蟬は泣かずといふ孫よ今朝の蟬しぐれ汝が為に降れ

これの世に生き方の本輩出すそれ程生き難き
世なりやと思ふ

あこや貝真珠を抱きて静もれる英虞湾に岬五
指のごと延ぶ

「地蔵買うた」と持国・増長・広目・多聞に
邪気払はるる

経正が青山《せいざん》の琵琶返しつつ命あらばまた賜ら
むと西へ落ちけり
（平家物語）

新潮社の「波」届きたりいづれもの背くらべ
の中光る一編

思ひきや駅舎も線路も押し流さる永劫不動と
信じをりし日々

片言も隻句も告げ得ぬ別れなり天国にての再
会いかに

人の手に成りしはかくも脆かりき瞬くうちに
船も消防車も

恙なき人の暮らしを根こそぎに攫ひてゆける
かたちなき水

思ひきや陸続きの国境無き国に生きのほほん
とせし津波無き如く

開拓とは烏滸なり先住民を追ひやつたまでのこと島も陸《くが》をも

眼鏡店に匙投げられぬ難しき眼とぞさりながら時によく見ゆ

眼薬のひとつは常に携ふる言はば弁当のごとくに

ゆきこちゃん

かの人の左手首にきらめきし金の鎖よゆきこちゃんも幸せ

チョコレートが好きのゆきこちゃん幼い時は
チューブ入りもあったよ

石楠花の萼が一枚ほどけたよあなたの花が咲
きかかってるよ

毛糸で編んだ束子が庭に落ちたのを眠りぎは
に思ひ出しをり

水薬の瓶をたのみに風邪ひく子ブロチンの濃
紫なつかしきかな

雲もはや秋のいろなり地上には夏ひき連れる
南天の群れ

書き留めそこなひて飛びゆきし歌ひとつ清盛
となり扇で呼ばむ

大丸に購ひたる眼鏡身に添ひて二十年経ていよよ見易き

そのかみの野球音痴は治らずに素つ頓狂な批評して子を驚かす

紀伊國屋に本予約せり明日行くとひとつは自分に言ひ聞かせをり

西瓜の画の暑中はがきが引出しに四・五枚ありぬ夏呼び返す

女医といへど胸開き見するためらひを笑つて
誤魔かす理由《わけ》もなき日の

その昔地球てふ星に住んでゐた頃人は押し合
ひ争つてゐたよ

絵はがきに春爛漫と書き出だし礼のことばに
笑顔が溢る

年齢《とし》経れば子の家の犬やたら鳴く鰻の頭けふ
持つてないのよ

美しき芸妓のはなし桂あやめの笑ひはじける
ちりとてちん

太閤が籠にてゆきしいで湯なり今ねねたちは
ひと笑ひの間に

この仕事やり遂げれば推理小説うんと読まう
飢餓状態だもの

班女

わが椅子は天にありとし思へかし譲られず立
ち通しなりしけふ

耳鼻科にも皮膚科にも放つとけば治りますと
言はれ空に彗星《すいせい》

ガングリオンさても頑固の象徴めくわが足首
の膨らみ柔き

米は料理の副へ物のやうに扱はる堅く主食と
あがめ来しもの

タクシーにビル街縫ひて進むなり都会の底ひ
魚となりて

本当にあなたの子でよかつたと子は言ふべしや日暮れの近し

その年齢《とし》にならねば判らぬと言はれしがなつても判らぬ事ばかりなる

医薬部外品それがやがては医薬品でなければ
ならぬ病進めば

霜月をわが家の木犀花つけず今年は見送る算
段なりや

孫の手を伸ばして換気扇のボタン押す背の縮みしを負け惜しみして

長崎のめがね橋こそ胸せまる　過去《むかし》の人等巡りに立たす

（映画ペコロスの母に会いにゆく）

明日赴く茶会のために手の甲を丹念に洗へり
風邪の余波露《あらは》の

箸削りくろもじ作りゐたりけりそれらしき形
に徐々になりゆく

その頁無くとも話の筋はわかる木枯らしの道
落葉追ひゆく

御堂筋領事館前の舗道《しきみち》に銀杏ひろふ五十三粒
なり

毎日を夕陽に逢ひぬ昨日高架電車にけふキッチンに

西域と聞かば震へる心もつ我はしも前世西域に住みしか

足拍子踏みて舞ひけり金襴の袖　光すべらせて舞台に
（謡曲班女）

輿の内身に添へ持ちしこの扇夕顔の花と見ゆれ班女の嘆き

エウロパ

アラスカの大氷原よぎり最短距離を飛ぶなり
飛機は

アンカレッジ外は寒さうここで一時間翼を休めぬ

ビッグ・ベン国会議事堂の横に聳え立つが見ゆ英国なり

騎馬警官女性も入りて儀礼正しバッキンガム
宮殿守る

同行の友は疲れてあなた見てきての言葉のみ
バス降りて来ず

衛兵の交替の行進見ての昂ぶり纏ひ今宵の宿
はハイドパーク沿ひ

ロンドンのタクシーにとび乗りて42行聖書に
逢はむと大英博物館に

グーテンベルグ七つ目の柱と示され柱かぞへ
ゆくなり

グーテンベルグ印刷機の初版42行バイブルに
手のカメラブレにブレつつ

フランス・カレー港へフェリーで渡れり幸せの足

モンマルトルの丘の絵描きさん似顔絵いかがと日本語で言ふ

凱旋門往きと帰りのいはれも聞きて　シャンゼリゼなり

カルチェラタンの昼食セーヌ河畔にヘップバーンになつたつもり

佛蘭西語判らぬままに地下鉄にシャネルの店
訪ふ足元確か

パリのムーランルージュに友の手をとりて走
り込みし夜

厚ぼつたきロングスカート翻へし踊り子の足
拍子足ふり上ぐるなり

トレビの泉観光客らしく背を向けて肩越しに
コインを投げぬ

ローマはよきかなコロッセオ・カラカラ浴場
幾千年も前の
カンツォーネ聞きつつスパゲティとワインの
夕食曲のリクエスト

カタコンベ宗教ゆゑに地下に潜みしとわが国
にても迫害ありき

ヴァチカン国とイタリア国ただ線引きたるだ
けの国境跨ぐ

ヴァチカン国サン・ピエトロ寺院ピエタ像に
先づ衿正す

旅の間を友は弱りにしが成田に着いた途端に
元気とり戻す

ボストン・ハーバード・マサチューセッツ
メイフラワー号より何年

アメリカの新天地めざして先づ踏みしプリマ
ス港のなつかしけれ

独立宣言　独立戦争幾年の艱難超えしこの国の歴史の

切り立ちしグランド・キャニオン若かりしこの国思はする断崖に立つ

古めきしオーチャード・ハウス尋ぬるに忽ち
若草物語のルイザとなりぬ

縫ひぐるみの

縫ひぐるみのあひるの子はも器量よし日がな
一日机に笑ふ

手になれるフエルト細工の動物の奏づる楽器
そのシンフォニー

カバのドラムひとときは高く響くなり「運命」
は今最高潮

ライオンはオーボエを吹く携ふるホルンかるがる小イヌの腕の

フエルトをかがりて作るマスコット振り上ぐるタクトの調べやさしき

絃はじくあえかの音に自分酔ふキツネ賢し指の正確

メルヘンの動物フィルハーモーニーカエルのコーラス耳に心地よし

フルートはウサギの得意その耳も共にしならせ最高の音

昨日ひと日バラの花弁の二百枚真紅に染めぬ一気呵成に

滋賀よりの心づくしの嬉しけれ琵琶湖の鮎の
佃煮届く

少々の瑕瑾ありとも見逃さむ目くじら立つま
じ師走に入るを

健脚の有難さおもふ環状線三駅が程を歩き帰りぬ

曾根崎にお初天神拍手より太棹の音のふさはし鳥居をくぐる

わが家の洗濯物の災難の南天に竿交錯しシャツかしこまる

晴天を辱《かたじけな》しと遠見やる頭上に昼の月はにかみぬ

数ならぬこの身丁重に扱はる歳重ぬるを加へられての

伊勢の野に育ちし新茶の深みどり友の想ひの香れり　五月

この土曜映画に行かうと子の誘ひ吾の答へは
いつも「諾」なり

京　打田の西瓜の奈良漬弁当の隅に入れをり
仕上げとばかり

決まり時間に遅るる友への慰めに「学校じゃないもの」を時々使ふ

抑止力そんなの別に無かつたよただ方向決めて進み来ただけ

タオル地の小犬大量生産し喧嘩せぬやう二人
子には二匹送る

吾を大事に思ひてくれしかの媼の家の彼方に
ハルカス聳ゆ

セーノ・ドンと号令して乗り来し夫婦夫の障害妻の笑ひで飛ばす

待ち受くる名月明日が満月です　したり顔なる美容室の女主人

月が瀬（梅林）

目瞑れば白き衣の天女たち三人寄りて舞ひ始むるなり

思ひきや弥生半ばにこの奈良の入口に立ちバスを待つとは

背にぬくき春の日差しを貯めにつつ一日三本のバスを待ちをり

〝恋の窪〟とは如何なる町かターミナルに佇つにそのバス今発ちゆけり

円城寺かつての友が花活けの道場の門跡おはす山の厳めし

石打行きは未だに来ずや三作の石子詰思ひて
辛き刻の流れよ

峠越ゆ柳生の里は藪の下剣豪の仕合ひ刃の音
響くやと恐れつ

月が瀬のダムありとしも小雨にて川上見えず
耳に聞くのみ

紅梅の紅きはやかに立てりけり月が瀬郷の代
表の貌して

紅梅の一樹に逢へるを幸ひと山また山を辞し
去るバスは

月が瀬の梅干小ぶりに甘さ勝つあなたもか蜂
蜜まぶしの

大川を渡れば子の家その先に道明寺あり道真
公まつる

道明寺に名残の梅をたづね来ぬゆかしき庭の
たたずまひをも

大石や大木運びし修羅黙す下にころ敷き大勢が引きし

そのかみは人力のみでの工事なりエジプトにてもえいえいと人の働く

一木《いちぼく》に白と紅との梅咲けり接ぎ木ではあるま
じと人の論よそに

はるかなる本の来し方思ふかなチグリス・ユ
フラテ川波戦《そよ》ぐ

啓蟄

揚羽蝶ゆつくり裏庭に訪ひきたりけふ安息日
ぞと触れつつ

ひと刷きに雲片付けられぬ梅雨空をかこつ勿れと微笑みにつつ

靴底に小石がひとつ遊びゐてひと日過しぬけふの友とし

今朝見失ひし言葉の断片頭の内を漂ふ時し梅雨明くる気配

美容師を煙にまく気は更に無く吾の難しき髪型の説明

慰藉の風携へ来るは娘なり地下鉄が地上に出
づるは泪ぐましと

賜りし球磨茶を淹れて午後の刻その急流にか
ひなを浸す

わが血潮数本の小瓶に満たされて郵便のごと
検査室に配らるる

思ひ出せぬ名前ひとつに拘りて午後のテンポ
は漂ひてをり

観劇の前の座席の偶たまに尼僧のうなじ浅春
かをる

「円位」その懐しき名を高野山秘宝書翰集に
見出でて頁閉ざし得ず

鍋の湯気に沖縄の大学より帰りし孫の顔吾は
豆腐を摑まへるふり

転轍機操るほどの手軽さに親子の路線は簡単
にはいかぬ

小寒の水は大寒に解くるとや一年で一番寒き
日過ぐす

湯を飲むと碗傾くれば薬指睫に触れぬまばた
きしつつ

わらべうた

ひしめくつてどんな字なの　なるほどね牛が
三匹　口もあんぐり

長い針が３にくるまで待つのよと幼子に茹で
卵剝きつつ

胡麻炒られ葱刻まれて売られありおさんどん
稼業の明日の危ふさ

お茶が飲み加減に冷むるまでにこの項読んで
しまはねばならぬ

箸が流れくるを見て須《す》佐《さ》之《の》男《を》命の上流に人棲
むとせしも箸使ふ国ゆゑ

このタ　フレグランスに包まれもの書かむ
常世の風の過ぐるをよそに

シャンパンの栓天井に届きたり嬉しき会の昂
ぶり爆ずる

きやらぶきを口に含めば山の香の峠を越ゆる
足音のする

入り来るは安息香酸まとひたる佳人なりしよ
重きドア押し

子の自転車サドル新調して来たるこの些事さへも我のよろこび

松平定知アナの朗読の〝おくのほそ道〟枕辺青葉す

こんな服欲しいのと例へ世辞にせよ言はるる
午後は風もしなやか

山梔子のひと技我に手折れよと香りの重き花
を掲げて

忘れなばその原点に立ちかへらう塞翁の馬が
待ちをり

まなぶたが痙攣すると友言へり吾はとうの昔
から　年上だもの

南米の東の海にアトランティスの証や花崗岩
の建物沈むと

舌の先少し出だして緊張をそこより放たむ姿
勢にをりぬ

裏庭に著莪の花すんと佇つ鞍馬の石垣に採りきて十年

同期生轡をそろへて進むなり立ち止ってをれぬ切岸にきて

新調の包丁まさかの孫六のステンレスに字関・
・のと彫れり

花筐

雛の飯ほどの陽ざしあるなり寒き日の掌に掬

ひをり爪光らせて

受理されぬ辞表につこり還るなりこのまま真直ぐに歩めと言ひて

公園の桜は今し満開の贅つくすなりよろこび零し

屋敷内に桜植ゑらるるなれ春くれば多くの人を慰むるなり遠きにても見ゆ

公園の桜の向かふ教会の十字架かけて寂もりてあり

五分咲きと見ゆるひととき幼児を連れしママ
らが相寄りて来ぬ

駅前の公園子等のはしやぎけり満開の桜の下
は人だまりして

うらうらと背な暖める公園のベンチに花を見
上ぐる幸せ

幼児がわがパパ見失ふまじとぞふり返るなり
ジャングルジムより握る手しかと

満開の桜の招く川べりの橋の欄干に飽かず佇ちをり

花五輪蕾五つの小枝より我にふさはしき幸こぼれ来ぬ

時間などと競争しなくてよい朝のわが櫂ひと
ついづくにしまふ

われなりに沢山の緑もらひしよ京都うた紀行
に参じて

賀茂の別雷のいかめしきさりとてやさしきそのたたずまひ
宮司さんのしなやかなる京言葉ならの小川もよどむことなく

川べりに降りて水際を歩くなり近江の水のや
さしき流れ

画廊

暮れ近き上本町の坂道をギャラリー目指して
足運びゆく

光と影　あざやかに描き給ふその技の並みなみならず

画と共に短歌も併せて詠みませる画廊にしばしば立ち止まりをり

如月尽画廊のま昼美しき菜の花に逢ふ　この
幸ひに

尋ね来し吾や画廊の女主人に茶をふるまはれ
浅春暖か

玄関にムスカリとラベンダー育てをり共に紫の花を掲げて

これは大型ゴミに出ださむ日常のよしなき事も区分よりして

ひと仕事し終へし時しパンと拍手万物みそなはす神に感謝の

年々に末摘む枝もものとせず気ままに伸ぶるアンコ椿の

この朝　大根役者の漬物をばりばり噛みぬす
こやかの歯に

隣り家の電動草刈機はたと止み静寂は耳に痛
かり時の間

街中を運河はゆけり澱みつつ岸のコンクリートのみ立派なる

草生えず踏めば音立て防犯になるとふ砂利を明日庭に撒くべし

備後町

備前はありや備中もと備後町工事中のビルの
合間縫ひゆく

市庁舎のうしろの図書館残さるると決まりて
ぬくき師走川べり

公園にサンタの一団集結す女性サンタも交じ
り　けふイブ

渚の院春秋いかにと問はむかな交野に住むな
る友のあけくれ

日本が好き文学・風土も好きゆゑに鬼怒鳴門《キーンドナルド》
さん89歳の帰化

実家よりの到来ものと賜ひたる夏柑の見場は
さておきその甘きこと

卯月朔郵便局までの西の道800メートルを20分
にて往復

けふ午後の俄雨きて予報通りに雷も鳴るさても律儀な

院長の弱り給へるや屋上にゴルフ練習機の錆びたるが見ゆ

これの世の待合室に来合はせてまたそれぞれの旅に出でゆく

会果ててホテル出づるに大粒の雨に打たれつつ源八橋渡る

まつり過ぎ漸く日常に戻りけりオクラの緑豆腐のま白

率《ゐ》てゆくは天王寺七坂　源聖寺坂は今取り出して御覧に入るる

地下鉄は夕陽も見ずに走るなり四天王寺前夕
陽丘　家隆卿の墓

み手になる紡ぎの糸の綾なせる八十歳《はちじふ》の坂恩
寵の段

貫頭衣はらりさんと脱ぎ湯浴みする灼ける街より這ひ還りきて

登檣礼

練習生マスト目ざして登りゆく揺るる船上
平地のごとく

若きらがマストの桁に並び立ち挨拶くるる埠頭は小雨

帆船の海洋丸〝海の貴婦人〟の今し航海に出づ第一突堤より

消防軍楽隊のマーチ勇ましき時の間をそれぞれの部処を目ざして
黙々とそしてかるがるマスト差し練習生は位置につきたり

見送りの人等に礼の〝ごきげんよう〟揃へる
声を胸熱く聞く

消防軍楽隊の演奏終はれり船長の号令で艫綱
を解く

練習生のマストよりの礼を聞く胸にたたまな
波路越ゆとも

帆船の帆を巻きあげて出航す嵐よ来るな波路
はるかに

〝ごきげんよう〟かかる場面《シーン》にふさはしき挨拶のこし帆船のゆく

帆船の出航なるよ紙テープならぬ霧雨ふれり埠頭に

タグボート　軍楽隊もしづもれり港の波もや
さしき限り

あとがき

さきに第一歌集『十絃の竪琴』を出し、続いて『小河の伝説』を上梓しましてより年月が流れました。

この間、かねて念願してやまなかった歌誌「塔」への入会が叶いました。講演会が催されます毎に京都に行き、恰も会員であるかのような気持で聴衆にまじり、勉強してまいりました。そしてやむにやまれぬ決心を以て入会を果しました。

例え僅かの月日でも故河野裕子先生のご在世中に誌上でご

一緒できましたことを感謝します。
そう、ロカ岬でポルトガルの詩人ルイス・デ・カモンイスが、
ここに陸果て、海始まる
と申しましたように、目の前には洋々たる大洋がひらけています。
希望いっぱいの船出を致します。
ありがとうございました。

平成二十七年八月一日

森本悠紀子

著者略歴

森本 悠紀子 （もりもと　ゆきこ）

1928年 大阪市に生まれる
旧制高等女学校卒業
桃山学院大学にて図書館司書資格取得

歌集 登檣礼

塔21世紀叢書第274篇

初版発行日 二〇一五年八月二十四日
著　者 森本悠紀子
東大阪市近江堂一―八―一一（〒五七七―〇八一七）
定　価 二五〇〇円
発行者 永田　淳
発行所 青磁社
京都市北区上賀茂豊田町四〇―一（〒六〇三―八〇四五）
電話 〇七五―七〇五―二八三八
振替 〇〇九四〇―二―一二四二二四
http://www3.osk.3web.ne.jp/~seijisya/
装　幀 加藤恒彦
印刷・製本 創栄図書印刷

ISBN978-4-86198-317-7 C0092 ¥2500E